AF363555

*18 novembre 1867*

**Vente le Lundi 18 Novembre 1867.**

# COLLECTION

DE

# TABLEAUX

APPARTENANT A LA FAMILLE

# CAVEZZALI (de Lodi.)

**Exposition publique le Dimanche 17 Novembre 1867**

**M<sup>e</sup> CHARLES PILLET,**
COMMISSAIRE-PRISEUR

**M. DHIOS,**
EXPERT

**1867**

EXEMPLAIRE DE DHIOS

# CATALOGUE

## D'UNE ANCIENNE COLLECTION

de

# TABLEAUX

APPARTENANT A LA FAMILLE **CAVEZZALI** (DE LODI)

DONT LA VENTE AURA LIEU

## HOTEL DROUOT, Salle N° 3

## Le Lundi 18 Novembre 1867

A DEUX HEURES

Par le ministère de M° **Charles PILLET,** Commissaire-Priseur,
rue de Choiseul, 11,

Assisté de M. **DHIOS**, Expert, rue Lepeletier, 33,

*Chez lesquels se distribue le présent Catalogue.*

EXPOSITION PUBLIQUE

*Le Dimanche 17 Novembre 1867, de une heure à cinq heures*

CONDITIONS DE LA VENTE

Elle sera faite au comptant.

Les adjudicataires payeront *cinq pour cent* en sus des enchères.

L'exposition mettant le public à même de se rendre compte de l'état des objets, il ne sera admis aucune réclamation une fois l'adjudication prononcée.

---

880. — Paris. Imp. de Pillet fils aîné, rue des Grands-Augustins, 5.

# AVERTISSEMENT [1]

*Les tableaux composant cette collection n'ont jamais paru à aucune vente moderne. On peut prouver, par documents authentiques, qu'ils sont la propriété de la famille* Cavezzali *depuis plusieurs générations, et n'ont jamais quitté le palais de cette famille à Lodi (Lombardie).*

(Note du propriétaire.)

(1) Nous donnons ici le Catalogue tel qu'il a été rédigé par le propriétaire, les tableaux ne nous ayant pas été remis assez à temps pour qu'il nous fût possible d'en vérifier les attributions. Nous nous réservons de les rectifier au besoin au moment de la vente.　　　　　　(*Note de l'expert.*)

# DÉSIGNATION DES TABLEAUX

---

## ALBANE

1 — Petits anges portant la croix et les instruments de la Passion.

Sur bois. — Haut., 57 cent.; larg., 73 cent.

## BASSANO

2 — Petit portrait de femme.

Toile collée sur bois. — Haut.. 33 cent., larg., 18 cent.

## BELLINI

3 — Portrait d'homme plus grand que nature.

Haut , 70 cent., larg., 53 cent.

## BELLINI

4 — Portrait d'un Templier. Grandeur naturelle.

Haut., 29 cent.; larg., 24 cent.

## BELLINI

5 — Portrait de femme. Grandeur naturelle.

Haut., 91 cent.; larg., 67 cent.

## BELLINI

6 — Portrait de femme.

Haut., 43 cent., larg., 32 cent.

## AMBROISE BORGOGNONE

### (DIT LE BOURGUIGNON)

7 — Une Bataille.

Haut., 1 m. 03 cent.; larg., 1 m. 37 cent.

## BREUGHEL

8 — Chasse.

Haut., 33 cent., larg., 43 cent.

## CAMBIASO (LUCAS)

9 — La Fuite en Égypte. La Vierge et l'Enfant Jésus en-tourés par des anges.

Sur bois. — Haut., 44 cent.; larg., 66 cent.

## CARACCI (Augustin)

10 — L'Adoration de l'Enfant Jésus dans sa crèche.

Sur bois. — Haut., 42 cent.; larg., 36 cent.

## CARACCI (Ludovic)

11 — Sainte Ursule. Demi-figure, grandeur naturelle.

Haut., 76 cent.; larg., 65 cent.

## ANCIENNE ÉCOLE

12 — Ex-voto représentant la Vierge qui accorde une grâce.

Sur bois. — Haut., 34 cent.; larg., 30 cent.

## ANCIENNE ÉCOLE

13 — Paysage peint à la détrempe.

Sur bois. — Haut., 36 cent.; larg., 1 mètre.

## ANCIENNE ÉCOLE GÊNOISE

14 — Saint Georges.

Sur bois. — Haut., 84 cent.; larg., 37 cent.

## ANCIENNE ÉCOLE GÊNOISE

15 — La Rencontre de la Vierge et de sainte Elisabeth (*La Visitation*). — Ancien cadre sculpté.

Sur bois. — Haut., 35 cent.; larg., 36 cent.

## ÉCOLE BOLONAISE

16 — Sainte Catherine. Demi-figure.

Haut., 67 cent.; larg., 58 cent.

## ÉCOLE BOLONAISE

17 — Portrait de Gaston de Foix, l'épée à la main.

Haut., 65 cent.; larg., 48 cent.

## ÉCOLE ESPAGNOLE

18 — Portrait de femme, avec turban.

Haut., 39 cent.; larg., 30 ce

## ECOLE FERRARAISE

19 — Petits anges.

Sur bois. — Haut., 42 cent.; larg., 33 cent.

## ECOLE FLAMANDE

20 — Quatre petits tableaux représentant des fleurs.

Haut., 23 cent.; larg., 19 cent.

## ÉCOLE FLAMANDE

21 — Fruits.

Haut., 41 cent.; larg., 61 cent.

## ÉCOLE FLAMANDE

22 — Pâturage.

Sur bois. — Haut., 25 cent.; larg., 39 cent.

## ÉCOLE FLAMANDE

23 — Paysage avec figures représentant le Jugement de Pâris.

Haut., 69 cent.; larg., 95 cent.

## ÉCOLE FLAMANDE

24 — Vase contenant du pain, des fruits, etc., et verre à pied contenant du vin.

Sur bois. — Haut., 26 cent.; larg., 38 cent.

## ÉCOLE FLAMANDE

25 — Un plat en étain avec victuailles.

Sur bois. — Haut., 44 cent.; larg., 61 cent.

## ÉCOLE FLAMANDE

26 — Chasse au sanglier.

Haut., 59 cent.; larg., 48 cent.

## ÉCOLE FLAMANDE

27 — Nature morte.

Haut., 62 cent.; larg., 90 cent.

## ÉCOLE FLAMANDE

28 — Paysage.

Sur bois. — Haut., 34 cent.; larg., 50 cent.

## ÉCOLE VÉNITIENNE

29 — La Cène.

Sur cuivre. — Haut., 23 cent.; larg., 43 cent.

## ÉCOLE VÉNITIENNE

30 — Quatre petits tableaux représentant des faits de l'Ancien Testament.

Sur cuivre. — Haut., 23 cent.; larg., 17 cent.

## ECOLE VÉNITIENNE

31 — Saint Jean l'Évangéliste.

Sur cuivre. — Haut., 22 cent.; larg., 18 cent.

## ECOLE VÉNITIENNE

32 — Sainte Catherine. Demi-figure, nue.

Sur bois. — Haut., 64 cent.; larg., 48 cent.

## ÉCOLE VÉNITIENNE

33 — Descente de Croix, avec plusieurs figures de saints.

Haut., 1 m. 13 cent.; larg., 2 mèt.

## ÉCOLE VÉNITIENNE

34 — Sujet profane.

Haut., 26 cent.; larg., 34 cent.

## ÉCOLE VÉNITIENNE

35 — Peinture sur albâtre en trois compartiments représentant
le Martyre de deux saints et de deux enfants.

Haut., 14 cent.; larg,, 48 cent.

## GAUDENZIO FERRARI

36 — Sainte Polonie. Demi-figure, grandeur naturelle.

Haut., 92 cent.; larg., 77 cent.

## GEORGES PENZ

37 — Saint Pierre.

Sur cuivre. — Haut., 34 cent.; larg., 27 cent.

## GHERARDO DELLA NOTTE

38 — Judith et la Servante, après le meurtre d'Holopherne.
Demi-figure, grandeur naturelle.

Haut., 1 m. 28 cent.; larg., 1 m. 44 cent.

## GHERARDO DELLA NOTTE

39 — Descente de croix.

Haut., 98 cent.; larg., 74 cent

## GIORGIONE

— Les cinq Docteurs de l'Eglise. Demi-figures, grandeur
naturelle.

Haut., 1 m. 04 cent.; larg., 1 m. 58 cent.

## DAVID HEEM

41 — Deux pendants. Nature morte.

Sur bois. — Haut., 37 cent.; 50 cent.

## HOLBEIN

42 — Portrait d'homme.

Sur bois. — Haut., 37 cent.; larg., 26 cent.

## JEAN HUYSUM

43 — Guirlande de fleurs avec paysage au milieu et figures.

Sur bois. — Haut., 35 cent.; larg., 48 cent.

## LÉONARD DE VINCI

44 — Portrait d'une femme qui joue du luth.

Sur bois. — Haut., 68 cent.; larg., 53 cent

## LONDONIO

15 — Troupeau gardé par un chien.

Haut., 70 cent.; larg., 95 cent.

## LUCA GIORDANO

16 — Petit portrait d'homme.

Sur cuivre. — Haut., 19 cent.; larg., 9 cent.

## LUINI (Bernardin)

17 — La Vierge et l'Enfant Jésus, peinture à la détrempe.

Haut., 77 cent.; larg., 55 cent.

## MANTEGNA

18 — Ecce Homo.

Sur bois. — Haut., 54 cent.; larg., 48 cent.

## MANTEGNA

19 — Le Nazaréen.

Sur bois. — Haut., 55 cent.; larg., 36 cent.

## MORETTO

**50 — Le Martyre de saint Sébastien, avec deux autres personnages. Grandeur naturelle.**

Haut., 1 m. 76 cent.; larg.,1 m. 03 cent.

## MORONE

**51 — Portrait authentique de Ferdinand II d'Autriche. Toile roulée et fort endommagée.**

Haut.,      cent.; larg.,      cent.

## MORONE

**52 — Un grand d'Espagne avec son armure. Demi-figure. Grandeur naturelle.**

Haut., 1 m. 18 cent.; larg., 98 cent.

## MURILLO

**53 — Portrait d'homme. Demi-figure, grandeur naturelle. — Cadre ancien.**

Haut., 79 cent.; larg, 61 cent.

## PALMA

**54 — Saint Sébastien.**

Sur cuivre. — Haut., 21 cent.; larg., 61 cent.

# PARIS BORDONE

55 — La Vierge avec l'Enfant Jésus et un ange qui lui offre un fruit.

Sur bois. — Haut., 47 cent.; larg., 40 cent.

# PARMIGIANINO

56 — Le Repos en Egypte.

Sur bois. — Haut., 23 cent.; larg., 35 cent.

# PARMIGIANINO

57 — La Vierge et l'Enfant Jésus.

Haut., 44 cent.; larg., 27 cent.

# PAUL POTTER

58 — Troupeau.

Haut., 57 cent.; larg., 73 cent.

# PAUL POTTER

59 — Orphée entouré par toutes espèces d'animaux.

Haut., 61 cent. larg., 88 cent.

## PAUL VÉRONÈSE

60 — L'Adoration des Mages.

Haut., 66 cent.; larg., 38 cent.

## CALISTO PIAZZA

61 — Triptyque. Au milieu, la Vierge et l'Enfant; des deux côtés, des Saints, et dans la lunette au-dessus, le Père éternel.

Sur bois. — Haut., 1 m. 20 cent ; larg., 1 m. 80 cent.

## CALISTO PIAZZA

62-63-64 — Trois fresques rapportées sur toile, représentant des enfants jouant avec des animaux.

Haut., 73 cent.; larg., 66 cent.
Id. 70 — Id. 72 —
Id. 73 — Id. 77 —

## PIAZZETTA

65 — Deux demi-figures, grandeur naturelle.

Haut., 52 cent.; larg., 42 cent.

## RAPHAEL (École de)

66 — La Vierge, l'Enfant et saint Jean.

Haut., 87 cent.; larg., 81 cent.

# REMBRANDT

67 — Portrait d'homme buvant de la bierre. Demi-figure. Grandeur naturelle.

Sur bois. — Haut., 73 cent.; larg., 60 cent.

# SALVATOR ROSA

68 — Paysage.

Haut., 73 cent.; larg., 55 cent.

# SCHIDONE

69 — La Sainte Famille.

Sur bois. — Haut., 25 cent.; larg., 20 cent.

# JEAN STEEN

70 — La Fuite en Égypte.

Sur bois. — Haut.,  cent.; larg.,  cent.

# TISIO

71 — Saint Jérôme dans le désert.

Haut., 90 cent.; larg., 130 cent.

# VAN DYCK

**72** — La Sainte Famille.

Sur bois. — Haut., 29 cent.; larg., 30 cent.

---

**73** — Ancien plat d'étain historié à compartiments représentant sept chevaliers armés et ornements divers (XVIᵉ siècle).

Diam., 195 mill.

**74-75** — Deux Médaillons d'ivoire sculptés, représentant des princes français. Époque de Louis XIV.

Haut., 950 mill.; diam., 750 mill.

---

# ÉPOQUE DE LA RENAISSANCE

**76** — Médaillon en marbre ovale, représentant une tête d'homme.

Haut., 13 cent.; diam., 12 cent.

# DONEGUTTI (Jean-Baptiste)

de Bellune (Venétie).

77 — Dessin à la plume, original et inédit (exécuté vers 1831) et représentant deux génies qui se tiennent embrassés.

Haut.,    cent.; larg.,    cent.